昨日，無人接聽

陳繁齊

目　錄
CONTENTS

輯二

凝滯的聲音

目錄
CONTENTS

輯三 昨日的縫隙

睡前

按下播放鍵
總比走出房間
來得容易

睡前。張貼一首歌
像是自我介紹：
「此刻這首歌
就是我的名字
除此之外
沒有其他意思。」

或許沒有真的把歌聽完
就如同平常你也
不會那樣介紹自己。睡前
是你最不像自己的時候
憂傷得太切時了
所以不願與人
談論歌詞的涵義

睡前，你總是想要
撥一通隨機的電話
卻只吵醒自己

輯一

心裡的湖

心事像罐頭
邊緣鋒利
外頭灰塵再重
內裡仍宛若全新

涉險

「你必須真的走到你在乎的人面前，真的把心挖開，
並且看見他對你依然毫不理睬。那個時候你才能說寂寞。」

聽聞過幸福
以及心動
明明沒有看過
卻還是能想像
它在身上綻放的時候

把所有快樂
押在同一個人的身上
不是不怕輸

只是沒想過
他會讓自己貧窮

寂寞或是失落
都需要親身確認
要先非常渴望
人群以及被愛。然後
才能算是受傷

專注

"Don't you think maybe they're the same thing
— love and attention? " —— Lady Bird.

親吻的時候閉上眼睛
不再計算
下一秒的重量
不懷疑星系的遠離
做一個誠心的許願者
守候整個夜晚
即使錯過流星

親吻的時候
閉上眼睛
此刻願意想像
也許身旁，又或是
永遠到不了的地方
——那並不重要
縱使是最荒瘠的
一片土地上
仍有一朵小花
正慢慢地和日光
一起發亮

共度

我想和你走過每個路口
無論是否牽手。步調一致
視線沒有空隙我想
穿過長長的都市的河
只為了問你我已經知道的
我想，和你一起大口吃完
野餐籃裡的所有甜點
在某個下午，那個下午
不能太過特別
特別使我們稀少。我想
聽你讀遍沿路經過的招牌

唸一些沒聽過的英文單字
告訴我意思，我就把意思
和那樣說話的你
牢牢記住，像是世界上唯一
擁有這項知識的學者
向每一個人解釋
你的涵義

猜想

你要回去了
我把自己放在原地
看你身影緩緩上升
把整夜的星星帶走

車廂的倒影
不會幫我告訴你任何事情
明日的天氣預報
與今天的故事毫無關係

我是你聽的哪一首歌？
是否能讓你慢慢
關掉眼前風景

或者僅是一個字
拆不掉。卻又無法
代表任何事物

想要和你去一些地方

想要和你去一些地方
那些地方可能困難
可能很小很安靜。
但是有我們

想要和你走遍小徑
找盡不割人的碎石
讓石頭洗滌我們的粗糙
想要將石頭如記憶般
放在袋子裡，就算不好看
也沒有人會知道，就算
有人知道

我們也依然快樂
快樂是重。而重是蒐集
是我們對於生活的
所有寬心

我坐在這裡看著時間把我拋下

預期要發生的事，最終卻沒有發生。例如一臺原本要駛過眼前的車，入夜要亮起的燈。我們說話但我們把話說完了，你看了手錶問說還不走？一部分的我跟著你什麼也沒發生地走出去了，另一部分的我坐在這裡看著時間把我拋下，等待有人從身旁突然出現，毫無情緒地說：這裡並沒有。那幾乎不能算是一件事。

為了愛人
我遮住手上的疤
為了流血我奉獻
自己最脆弱的地方

身旁

有時你不說話
或低頭看鞋尖
我都感覺你正在將某些事物
揉成很細的線。線把世界
輕輕分成了兩邊

你把塑膠袋提得很低
很低。幾乎快要碰到地面
那時你的手臂是筆直的
像世界拉著你
像墜落

傍晚，你時常盯著已經隱沒的夕陽
用玩笑的口吻說一些
在海邊才會說的話
而我常常期盼路燈突然亮起
夜晚就能安全地降臨

像是你害怕黑暗
也害怕被看清。我站在房間外
有時只是尋覓不到
合適的問句
敲你輕掩的門

再見

把遲來的禮物交給你
你沒問我最近好嗎
我們就像從前一樣
一樣嗎？只是沒擁抱
看見了烏雲
也沒有跑

再次看見你，才發現
每一個你都那麼像昨天。
已然過去，卻又能輕易回想
想起你注視的眼睛裡

溪流有石
宇宙有海

曾經我們在節日面前
包裝彼此，如今
卻放任節日將我們
一層層剝去

你拆禮物的樣子
就像拆盡所有再也
無法降落的發語。你的
喜悅彬彬有禮
會說謝謝、謝謝
語氣像是已不期待
再有深刻

此路不通

「常常感覺有些話沒有說好／書沒有擺回它原本的位置／每一本書在書櫃上被閱讀之前／都是正確的／雨原先沒有要去任何地方／直到被雙手接起／但他們現在都過得很好了／他們一個接著一個／完好地、有序地／出現在各種地方／聚會上／聚餐裡最遠的桌子／嘈雜的KTV包廂裡／我的身邊／我的身邊卻沒有說任何話／我對於我所做過的傷害束手無策／我對於傷害羞愧／因為羞愧所以想要解釋／因為自大才以為能夠解釋／像是用現在的線縫已經不會再穿的衣／像是到達一個地方只為了走回來／敷一處傷不是因為還未痊癒／只是因為還記得／像記得曾拾起海邊小小的石／只是沒歸還／只是沒能再回到那座海岸／把話說完」

異地

住在新的房間裡
再也不能分辨雨聲
卻總能想像你
打傘走過路口的樣子
即使你走得那麼像盡頭
經過的店家
仍因你而開啟霓虹
整條街都不再愛好漆黑
亮得像夢。想起

和你在一起的那段時間
曾是整座城市
營業的原因

我多希望你

出現在眼前這輛公車的

車窗裡，再將我經過。這座都市

已經承擔不起更多謠言

通知 I

回憶時常寄來罐頭訊息
我卻每則都傷心

剩下

像一座屋子一樣看你
我的身體被搬離
那些終不屬於我。未來
你會和你的沙發
在另一處為人塌陷

留下的都要用盡。衛生紙
或者記憶
我只能用完我的那一半
剩下的，完整但廢棄

快遞員踢倒你留下的雨鞋之後
雨季就沒有再來。後來的包裹
也不再記得你住過這裡

鐘還放在原地，牆上
再掛不起任何東西
你離開之後的每一天
沒有停擺，只是比較低
又太過乾淨

我們也有過道盡話語的夜晚

我們也有過
道盡所有話語的夜晚
隔著螢幕，有過鼻息
摩擦的被褥以及
床頭那杯喝乾的水

尚未厭倦說話時
曾經你的聲音是磚
說夠了就蓋好一座城堡
讓孤單住進裡面
自己在郊野安然入睡

天亮時
我會先醒
孤單睡飽了
會自己跟上來

曾經你在夜裡
會走在我的後頭

曾經我會
撥一通電話給你
像把手伸到
高樓的陽臺外

輯二　凝滯的聲音

記住了某次的劇烈聲響
就獨自往那黑暗
然而煙火墜落的地方
那裡什麼也沒有

交集

我曾在某條斑馬線上見過你
你並不知道。由右至左
不快也不慢，彷彿所有巧遇
只是一種宇宙的運算

接著紅燈熄了
我鑽過線的縫隙
目的地仍在遠方
記憶是一條穿過市區的道路
沒有誰住在那裡

覆蓋

把路上的每一個人都認錯
就能忘記正確的你

度過

聽見他的消息時
不能大聲說話
難以睡去更需要
望向黑暗
告別一個人
是把眼睛慢慢闔上
不把他縮小。而是讓自己
看得越來越少

夢

昨夜又夢見你了
像是握緊拳頭會留下指甲痕的
那種夢見。像一齣劇
排演該下的雨和會說完的臺詞

穿過壅塞的人潮，夢裡
總有人說我們般配
語氣像是遺失多年的最後一塊拼圖
只能夠捏在手心

你會想起我嗎，即使是夢
你是否想過另一種未來
即使一切已經
被我們用盡

清醒是霧，我坐在原處
霧沒有散但是放任陽光闖進來
為了生活使我懷疑和
使我篤定的，都必須離開

如果你有一座新冰箱

將自己關閉
照明以及恆溫
將自己喚醒，終於
在夏季流淚
在冬季感覺空虛
將自己的名字
改成比較舊的那種
稱呼方式。將自己
站過的地方擦拭乾淨
很慢很慢。每走一步
都要回過身

抹去一次腳印
像一場失敗的竊案
我沒有帶走什麼
本不該保留任何嫌疑
將自己丟棄，不再
發出任何聲音
安靜地理解你喜歡的
依然是你喜歡的
只是不再由我來盛裝
不再能參與你對於
生活的想像

寫於二〇二一年，響應學測作文題目「如果我有一座新冰箱」。

柔軟的監牢

像是卡住了
許多昨日的行李
無法過渡到明日
你只能站在門口細數它們
丟與不丟或是
想與不想
路上你走過許多人的夢
都沒能留下腳印，你也
沒能把自己帶走
無人指認你的掙扎
每一次嘗試留在床上

卻又渴望在黑暗的邊緣落下
也沒有任何辦法。停留
永遠比抵達漫長
夢裡的人永遠無法牽上
在放棄閉上眼睛前
天不會亮。洗手臺的水
也不會滴盡
——世界的安靜
只屬於睡去的人
而你終究要比較少。
負責把黑夜叫醒
把沿路撿拾乾淨

寫於二〇二二年，與樂團 Vast & Hazy 社群連動同名歌曲之作。

忽略

回頭看那些
沒愛好的日子
像是已經使用但
未曾察覺的器官

心一直在跳
始終無法聽見
雙眼哀傷
卻只看向腳趾
回頭的時候
祕密都被揭露了

嘴巴是花
你的沉默像顆石頭

原來河裡沒有魚原來
星星是光害
原來所有答錯的謎題
都是刀片

記得

我記得一些沒有
太多人記得的事：
幾本沒有名字的書
沒關緊的門、未捻熄的菸
一種毫不迫切的未完成
我記得。記得你就坐在
下午的對面，陪我喝完一杯咖啡
再像月亮一樣回到自己的地方
記得窗外的路人在午夜
騎走最後一臺共享機車
我記得酒杯，即使沒有酒

也像是被用過。我們用力地
交換日記及那一支寫起來比較醜的筆
（即使後來，我們
沒有再用好看的字
為對方寫信……）
我知道我沒讀過的句子
都在那裡。為了讓我不曾讀過
而一直在那裡
我知道某些歌曲的旋律
卻從未唱過，如同我記得愛
卻只能在你面前
用眨眼浪費你

獻給讀字書店。

放下

「心無法擺平的時候，試著緩慢地生活。」

有些時候
需要活得很慢很慢
凝視滴下的水
讓它結成冰
等待日用品
變成紀念品
或是站進陰影裡
把陽光瀝乾
體會溫暖
不是生活的唯一解

學會某種輕易的決心
在常去的餐廳供應另一種
更令人喜歡的餐點之前
不再造訪
每一次。都慢慢地將耳機的線
順直，讓耳朵聽見歌曲的時候
不再打結

深夜

總是在不對的時間
才想到要讀你
最近的消息

總是涉過長長的河
去見一些
我已經不認識的字

夜晚像一把槍
抵著我
卻從未開火

而我總是能配合地
受一些微小的傷
假裝自己
還能夠流血

不說話但想像回應，用耳朵聽
卻如眼神般平靜。有一種平靜
無須攪動喉嚨的齒輪
擠出年久失修的話題

我站在這裡。你不知道我站在這裡
即使沒有說出一句話
耗費了多少勇氣

通知 II

不需要使用的那一個
總是傳來提醒
心被輕撫過的部分
如今也仍沒拆掉

記憶

把你每一張清晰的臉孔
疊放在一起，反而再也認不出
原諒我終究毫無辦法
徒手去擦拭一面起霧的玻璃

無從記起什麼時候開始

就不再想起那個人

如同雨天轉晴

總是找不到分界

傘下的我們總是遲鈍一些

先是伸出手，接著是頭

再旋轉身體

彷彿雨傘曾經困住自己

固定

記憶是階梯而悲傷
不過是一種連續動作
選好你要住的樓層
就別再下樓

輯三

昨日的縫隙

日子跛腳

就讓他先行

坐在黑暗中的時候

睜眼或閉眼都沒有關係

悲觀

折射般的日子
一切彷彿都斷掉了
太陽照在身上
讓手不確定能夠伸向他方

抵抗

他喜歡穿白衣服
他知道時間傷害人的方式
是把一切變淡

他喜歡喝水
日復一日喝水
沖刷腦中雜亂的字
再淹過心事

或是坐在公園發呆，坐在
上一場戀愛與未來的中間
像一個分號，盡責地
讓句子與自己無關

寫不完的草稿像夢一樣丟棄
生活無糖去冰
一個人去酒吧
午夜前離開

他想過自己
擺多久才會壞
被製造的傷
什麼時候會過期

那些從來都無人告知
落下的果實、髒掉的雪。
時間讓人不能再壞
後來才能變好

夏天終究太短了

見過一次的煙火
花上好幾年才忘記

紀念

向他借來最好的日子
乾淨的鞋、柔軟的襯衣
沒能歸還回去

常常靠著窗邊的矮桌
和每張過期的日曆
一起排列整齊，即使
還留著撕下的痕跡

讀熟了他寫的信
反而再也想不起
他拿筆的樣子

美麗而遙遠的星系
曾經伸手，想像自己
觸碰的可能
曾經著迷。後來
卻也沒有記得它在哪裡

你那麼善於原諒
雨的腳印、他的呼吸
打濕你的眼眶
你接受每一個阻礙你的紅燈
被擱置的訊息、遺落的節慶
接受愛過的人永遠
像刀，而自己總是
握著刀鋒
他在你心上劃過一道傷
你不需要為此變好

遊戲

沒有人在你的遊戲裡
當你伸出雙手，你的
兩隻手掌裡都藏著錢幣
你只是想要讓他快樂
讓他不用猜測也能擁有
但他卻把頭別開
沒有輕點你握實的拳頭
或是精心地等候你
若有似無的愛戀把戲
只是轉過身去
開始往外走了

你把錢幣捏出汗了
也沒有把手打開
深怕手一鬆錢幣就要掉了
深怕錢幣一掉就會有聲響
你只是不希望
他回過頭的原因
是自己的傷心
發出噪音

被愛

像手上的鬼牌
有時是剛好
有時是剩下，有時
只是有人把你借走

／

像是曠野裡的枯樹
與萬全準備的一把傘
——它們彼此對質過嗎

落雷的選擇
並不完全是
值不值得的問題

／

雨會發生
願望也會
非常珍惜的時候
雙手也能盛成許願池

／

但有時你是
托著盆栽的那個人

想要它活
就不能害怕自己淋濕

坦然

「……通常會後悔呢是因為我們錯過了一個更好的選擇，但其實我並不知道我會不會有更好的選擇。」——《不都媽生的 5.0》，草東沒有派對

走完該走的路
回頭發現愛過的人
也不過是閃電的一種
傷痛很快
諭示後來才抵達
接著雨到來
曾經你只是急著跑開

跑進昨天裡

做一個遲到的先知

路上你見過蝶
疼惜牠若能銘記繭
也許一生便不只是一生
你也不會只是你
直到走完該走的路
——什麼是該走的路？
察覺日子空心
終於不去尋找
揣測明天的理由

那時你已知道足夠
抓在手裡的石頭
並非最好看的那顆

但自己的手掌
能夠那麼誠實地握緊

六月

六月是一首
無人聽過的歌曲
就算伴奏響起也沒有人
能夠接唱。街區
都被悄悄關掉
人群變得稀薄但
呼吸時的鏡片還是會起霧

六月是雨終於找到這裡
卻沒人淋濕，所有的傘
都在歷經一場乾旱

與孤獨。當人們沒有
真的要前往哪裡
鞋子與車票就變成思念
彼此變得習慣寧靜
但並不真的喜歡
也終於找到面對所有
無解難題的一套說法：
即使不喜歡
也必須習慣。

六月是躺臥，在我們
僅剩的房間裡
吃盡剛好的三餐
拼完最後一塊拼圖
房間有鎖，鎖是恐懼

鑰也是恐懼。有人問
夏天在哪裡呢？有人答
在外面，就在外面
意思是我們應該已經到達
但還是得再等一下
再等一下，好嗎？

寫於二〇二一年六月，疫情進入三級警戒。

知道

結局大致底定
一個人過得非常幸福
另一個人也不算過得太差
擁有不幸的藉口
姑且稱作權利

把傷心的最後一滴水
喝乾以後，玻璃杯還是要用
而日子也還是
需要如期清洗

結局底定的意思是
所有事物都沉進水底了
像一塊大石。像病
放在心裡，隱隱地痛
再不知不覺地好

風和日麗的時候
寫一封信給鏡子裡的自己
讓他知道燒過的火和心裡的湖
再去一趟長長的濱海旅行

通勤

一首歌的時間太快了，到家之前就要把你忘記。

為此，我時常在記憶的頁碼間跳躍，像一本字典，找尋每一種相似的詞彙、生澀的造句；張開嘴，但不發出聲音。為此我跳重複的舞在無人的街道，我並不懂得跳舞，卻還如是地做，像每一次寫字。

到家之前其實有更多值得記起的事物。在號誌前憂傷的臉孔、被放在垃圾桶上的花束、歇業卻忘了關的招牌燈。每日我走一樣的路，像幽靈一樣維護著微弱的秩序：我不能停下來，停下來就會被看見。

鎮日，我聽重複的歌，希望歌曲並沒有發現我將它重複。

足夠

想不起空租的店面
原本是什麼
只要旁邊的商店還亮著
好像明天就還可以

燈不要一下子全都熄滅
就能夠不算是黑暗
聽到你曾去過哪裡哪裡
那就好了

視覺暫存

閉上眼睛
彷彿你還在這裡

我看著黑暗
想著明亮的事

黑暗沒有牆。卻穿不過去
也沒有什麼能掛起

時常，只想得起開頭
和結束之後的事情

我只想得起過長的頭髮
與地上的髮絲。記不得你曾經拿著剪刀
我們曾經那麼和平

走回去的路上

送他回家的時候
即使僅是看著他
坐進計程車
你都感覺自己很好了
就算沒有人收下
你的眼神。你還是輕盈得
能夠踏準每一條斑馬線
走回去的路上
你會注意經過的垃圾桶
有沒有哪束花被丟掉了
試著找找機會憐憫浪漫

浪漫是一個人，週五
就算不撐傘
也不會被雨看輕
而你隨時能夠佯裝自己
正要前往某處。
在人潮還未消散的街道上
把耳機裡的音樂
放得比夜晚還大聲
你知道只要一埋下頭
今晚就不會
不會再有人
看見自己

意義

所有的歌曲
都亟欲給你一種解釋
讓你不再聽它

所有的星星
都在等你把願望放棄
之後，仍繼續看見

想像一種星系間的相見

耗費千年。只為了

讓對方知道宇宙

知道自己身在哪裡

小帳

這裡你可以輕鬆呼吸
從人群海面一直到
最隱蔽的灘岸，適應不成問題
哭腫雙眼或是懷藏的恨
都能在隔日歸零

把自己鎖在房裡，從死角
透過窗戶窺探，想被看見
卻不想被發現
你的愛是匿名的。
花束或刀片始終都擺在

他的門口，像一封信渴望被讀
也能夠輕易被拒絕

單身

我想念夜晚會突然
捎來訊息的日子
自己像是站在十字路口
任何人都能抵達我

把身體放在風吹得到的位置
於是學會擺動。關於無助
我知道為它挑一件
比較寬鬆的衣服

說過的話若沒被記住
就是沒說。名字
被留在街角，一張張臉孔
後來都成為夢的臨時演員

我喜歡站在十字路口
像是任何人都能抵達我
但任何人都沒有。
我想像過愛卻沒有
真正見過它的樣子

我親愛的樂手

唱一樣的歌
在差不多的段落
進行越來越熟練的
那種失控
人們就把你當作心聲了

發瘋的定義此刻很薄弱
只要用長髮埋住自己的頭
或是將啤酒打碎。你知道每次的瘋狂
都只是複製。卻還是被誤解為取代

你不能說歌以外的話
不能在快歌時坐在舞臺上不能
看起來太過悲傷
偶爾你想彈錯弦上的一個音
彷彿就能否認自己
其實非常清醒

安定

沒有想過山谷
是如何形成的
當我察覺
內心已經有溪流

可外面還在下著雨
我停在你的房間裡，沒有傘
而漏接了一整夜
一整夜。沒有悲傷
竟也感覺踏實

不再寫日記之後
我們說話為彼此充飢
日子如盆栽照顧一雙手
燈光豢養著眼睛

我看著你。
你是那麼專注
像土壤栽種一棵樹
季節的階梯上沒有誰
會再被絆倒

困境

我們矇著雙眼
只是為了看見比想像中
還要更好看的。左邊是不
右邊也不一定是喜歡
用討論風景的方式
談論一部電影
樂風、文學作品，或者
僅僅是剛吃完的晚餐
（關於奇士勞斯基與
小七的咖哩烏龍麵，他們此刻
是否有著相同重量？）

交換並不相似的祕密或是
受同一種傷
房間裡我們不斷切換電燈
黑暗時說話
離開才把燈點亮

出席；離席。
在窗外慶幸光沒有把臉孔
照得太過清晰。我們
重整手牌好加入下一場賭局
不同的出牌順序
卻還是獲得相同的結果
賭局裡的那張鬼牌被抽走
又悄悄被領回，無人勝出
偶爾想起自己待在這裡

只是為了離開這裡
房間也是輕的。親暱是一場
過於迂迴的迴圈
到過或沒有到過
都是一樣的證明
像風景一樣，提起
又被輕易留在原地

只因為看過幾次郵差來的樣子
就站在信箱前等信

後來。我們都服膺於
不是親送的真心

許願

放在櫥櫃裡的衣服
又多了一件。那已經是別人的
穿不下也丟不掉

生活是持續新增裂痕的
馬克杯，先是擔心
後來卻珍惜它的意義

未曾想過盡頭那天
是否還有希望達成的事
曾收過的禮物在手上

衰老。緊握過的
都變成掌紋

愛過也沒有辦法
完成的愛人們
都是生日蛋糕上
怎麼樣也沒能在第一次
就吹熄的蠟燭

河

1

感覺自己像河
屢次被橫渡
便足踩過的石塊
我總是用了漫漫長日
才把腳印消散

2

沒有磨成圓石的那些
河裡大大小小的記號

朝上是尖銳
朝下能夠讓人
在我身體裡踩穩

3

不是海
卻想像過浪打在自己身上
不是沙卻眷戀過一種
戀人的終點

4

天空是遺忘。我正
無可救藥地前往

海沒有說話

1

眷戀的那場旅行其實
早已走完。後來的路
都是思念畫出來的

我其實哪裡都沒去
哪裡都沒去過
卻還是感覺消失。每晚
我都抓著車票目送
午夜的最後一班車

2

在堤岸的這一側
也能聽見海聲
我才只是坐在這
在一片黑暗中閉眼
想像自己能看見海

3

積累的車票釘成串
感覺自己也前進了一點
即使時間沒有帶我去哪
只是把景色
移往我的身後

4

想要祝你幸福
是在很久以後
沒寄出的信重新長成了樹
眼前盡是與你無關的事

像是看見天空中的飛鳥
就逕自相信牠會到達
很遠的地方

5

那時沒聽見海說
你要結婚了
若是能看見
就不會這麼晚了

過去的錯誤
彷彿只有一種正確的時間
日益增長的草沒有除去
終究成為道路

碎石已磨成戒指
這麼多年。沙塵都已洗淨
就不要再去過問那些
需要輕撫疤痕的事

視角

「車要來了。」這一次我輕輕地說
路過無數次終於選擇過站
卻還是惦記著月臺上的
你的樣子。幾封舊情書曾一再地讀
便一再地停。五月的你
應該是快樂的。有蛋糕蠟燭
陰天及懸而未決的夏季

你是否依然會順著迎來的風撇頭
只因為害怕它因你而掉落？
檢視你的足跡，按捺過的食指

在小小的如鏡子的螢幕上
只成為數字，如一串永遠
不會再撥出的手機號碼
——你說你從沒換過。像開著一扇門
說：裡面是空的。你的心
像一張舊照片那麼近

不是一定要去哪裡。
我帶著連日積攢的雨水
豐沛但匱乏。澆灌不起
後來任何一張影子
我的影子是新的，在五月的某一天
見過車窗裡的自己之後毫髮無傷
察覺自己的忘記像風一樣用力。我終於
離開你了，多年以後我一無所有

走過每一節車廂，晃動的軌道
沒有再使我蹲下。我的行李安靜
車窗上有你的樣子但沒有一絲雨滴
我終於離開你了
我終於離開你了

是否

燈要暗了
你是否還在裡頭
我們的道別
終究是其中一個人在原處
等待人潮散去

反覆聽一首歌
就是喜歡嗎
某句歌詞多年以後
才忽然明白是什麼意思

也許七月還是會想起你
即使都是一樣的事情：
香水、身體或者
忘了關上的電視機
在那之前，我已經
可以把門窗關緊

雨要停了
此刻你在哪裡
外頭已經沒有任何
需要我們放下
你是否慶幸

後記

在三十歲的關頭，記憶開始慢慢褪色，鏡頭放遠，我看見每一場事件的輪廓，場景像一個個透視的方格體。燈光、氣氛、布景、情節。進行了一些對話。也就有一些對話永遠不會發生。那些話語似乎也慢慢從創作裡隱去，剩下一個動作、一個僅剩的時刻、一種純粹的感受或情緒。寫作變成了一種第三人稱的通道，當我試著寫下之時，我與他（過去的我）彷彿便明確地分生了。

只是，我們如何確定自己真的曾經參與？多年以後想要找痕跡，卻發現自己貧窮得只剩下記憶——但是記憶其實一點也不可靠。我們的線索越來越稀薄，我們交互地確認「對就是那一天」「那時候你是為那件事生氣吧」，只為了推演出一個彼此接受的說法。一旦想到這裡，就想要撥一通電話給昨天。或是，更遙遠的某一天。然後希望接起來的人是自己，並且讓我確認，我真的在那裡嗎？

＊

我真的在那裡嗎？

有一次聚會裡為了叫喚一個卯足全力要贏下手機遊戲的朋友A，反覆叫了兩三次，被身邊的朋友D制止，D笑著說，A他現在不在這裡，等一下吧。

後來我常常思考這件事。二〇一九年來的四年間我好像也常有這些時刻，過分的專注，代表著另一種疏離，代表著我將在專注之外的世界全數缺席。想像一種說法：我們不存在的時間比存在還多。

然而時間又是什麼？四年裡我不斷找到它的碎片——疫情的

凝滯、錯置的記憶，或是某一天突然被早餐店阿姨問起舊情人的身影。我們不存在的那些時間像一顆顆子彈，只在我們回頭察覺的時候擊發。

*

當我們意識到時間，感受的分母終究無可避免地擴大。這四年間，寫作的視角被拉得越來越遠，我試著有意識地執行每一種投射與凝視，我更在意每一件已經完成的事。我更在意共處，而不是解決。因為那使我感覺存在，排除掉所有不存在與錯過的時間之後，稀薄的存在。像是沿著一條線慢慢地走回現場，再帶走一些只有自己認得的紀念品。

那個過程很緩慢，像是調轉著收音機過濾時間的雜訊，尋找一種訊號或者訊息。起初是想證明，後來才察覺說服自己就已經足夠意義。這本書或許代表著內心趨於最終的一次辯證，有些問題也許根本沒有解答，但那也是到過之後才知道的事。

*

後來，我撥了一通電話給昨天。電話撥通了，只是沒能等到有人接起。

智慧田 121

昨日，無人接聽

填回函雙重禮
①立即送購書優惠券
②抽獎小禮物

作　者｜陳繁齊
出版者｜大田出版有限公司
台北市一〇四四五中山北路二段二十六巷二號二樓
E-mail｜titan@morningstar.com.tw http://www.titan3.com.tw
編輯部專線｜（02）2562-1383 傳真：（02）2581-8761

總編輯｜莊培園
副總編輯｜蔡鳳儀
行銷編輯｜張筠和
行政編輯｜鄭鈺澐
助理編輯｜葉羿妤
校對｜黃薇霓／陳繁齊
內頁美術｜陳柔含

初刷｜二〇二三年十一月一日　定價：三五〇元

網路書店｜http://www.morningstar.com.tw（晨星網路書店）
TEL：（04）23595819 FAX：（04）23595493
購書Email｜service@morningstar.com.tw
郵政劃撥｜15060393（知己圖書股份有限公司）
印刷｜上好印刷股份有限公司
國際書碼｜978-986-179-819-6 CIP：863.51/112010131

國家圖書館出版品預行編目資料

昨日，無人接聽／陳繁齊著．——初版——
台北市：大田，
2023.011
面；公分．——（智慧田；121）

ISBN 978-986-179-819-6（平裝）

863.51　　112010131